李仁淑詩人書畫作品

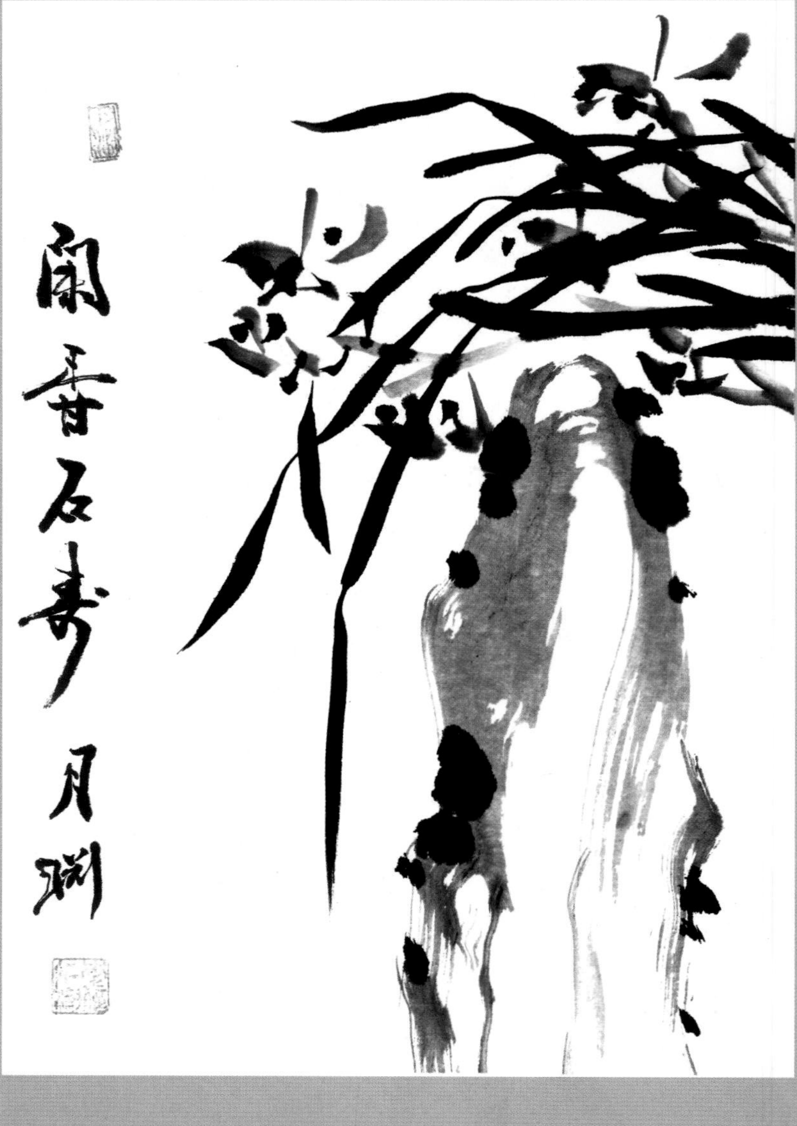
蘭香石壽
月淵

雅静

낮달의 가슴앓이

이 인 숙 시집

들녘사계

머리말

　내 글쓰기는 그토록 곤곤하던 할머니, 어머니의 손에 묻은 쪽빛 물때가 내 손등에서 딸아이 손등으로 묻어가지 않기를 바라는 손 씻기이다. 시위를 떠난 화살이 언제 물구나무서듯 꽂힐지 몰라 부잡하나마 엮으려 하니 신석정님 서가에 "내 책은 여행을 싫어한다."라는 말이 떠오른다.

　책이라는 명패를 달 수 있는 알곡이 몇 날이나 있을지. 강암 송성용 선생님이 내게 월연月淵이라는 호를 주시면서 아무 말씀 없으셨으니 달에 비친 연못인지 연못에 비친 달인지 있는 듯 없는 듯 無爲의 도가 최선임을 가르치심일 터이다.

　황송문 시인은 동창이라는 연으로, 신석정님 댁의 시누대 그늘에서, 아버지의 사랑방에서, 반세기만의 만남으로 빈 쭉정이에 헛풀무질의 노역을 끼치는 또 다른 업장을 쌓는 일이 아닐는지 두렵고 미안하고 감사하다.

차 례

제2부

제3부

제4부

제1부

적멸보궁

딱지꽃이 봄 동산에
보일락 말락 도장을 찍고
홀애비꽃대가 늘그막에
잡목숲을 흔들어
봄동산은 말없이 가네

메마른 땅 다복솔 자락
아무나 타고 넘는 전라도 민둥산은
울울창창 명산대천 발치에 누워
시한삼동을 견디며
적멸보궁을 꿈꾸어 보네

그대 이름 없는 딱지꽃인 것
그대 이름 없는 홀애비꽃대인 것
절절이 아리고 저려도
이곳이 적멸보궁
부처님 미소 한자락 사리가 익어가네.

가슴앓이

동네 아짐들
가슴에 우물이 깊어
돌을 던지면 울림이 아뜩했어

새터 아짐 셋째 딸
마루에서 떨어져 곱사등 부풀고
매아니 아짐 안방엔
공방 호롱불 가물거렸어.

사창 아짐 기침소리에
안산이 쩌렁쩌렁 울던 밤
징용에 끌려간 큰아들이
재가 되어 돌아왔어.

북으로 끌려간 막내 기다리다
쪽풀이 된 아짐네
가슴앓이에 석유기름 부어대도
손바닥 발바닥에

쪽꽃이 피어
고샅에 쪽풀만 무성했어.

강천사 낮달

오수초등학교 35회 동창 야유회 관광버스를
줄곧 따라오던 낮달이
솜털 구름 속에 숨었는지
천변 억새 숲에 숨었는지
주체스런 옷 벗어버린 강천사
계곡 나뭇가지에 앉아
허연 엉덩이 까고 소피를 보다가
之字로 걷다 十字로 허리 펴는
우리들을 구경하고 있어
어려서는 네발로
좀 크자 두 발로
다음엔 세발로 걷는 건 무어니
홀로 구시렁대면서
농담 따먹기를 하는지.

껌딱지

아파트 벤치에
납작 엎드린 할머니
손자가 씹다 붙여 놓은 껌딱지다
흙손을 털고 제비 주둥이에 씹히는 맛
어둠발에 뉘엿거리는 햇살 맛이다.

고향 밀밭에서 손바닥이 얼얼하도록
비벼주던 할머니의 밀 껌
내 혈관 어디쯤 흐르고 있을까.

명주실처럼 질긴 목숨
반으로 접혀
그리고 당당히 씹힌

어미 아비 껌딱지다가
지아비의 껌딱지다가
자식들의 껌딱지다가

보도블록에 혈흔처럼 짓이겨진
우리들의 껌딱지들

도시 미화원 아저씨
쇠손에 긁히는 지청구다.

돌나물

관절염에 디스크,
오장육부를 리모델링 하고
한 삼년 집 떠나도 신통한 일 없어
빈 집에 돌아와 보니
야생초며 분재, 난분들,
솔 한 포기 살아남지 않았는데
옥상 시멘트 바닥에 노랗게 핀 그대 옹기 수반에 올려놓고
미안하다 미안하다 참으로 미안하다
시간을 좀 먹은 죄, 인생을 낭비한 죄,
빛을 향해 경배하지 못한 죄
아침햇살 눈 깜짝할 사이
해는 중천에 떠있다가
그렁저렁 하는 사이 금세 해지고 깜깜한 밤
굽다리 소나무가 선영을 지킨다 했던가
제 몸에 물 한 방울 갈무리 못하면서
행여 뽀시시 몸 일으키려마라 驚天動地할라.

역귀성

나 한 몸 움직이는 것이
자식을 돕는 거란다.

햅쌀 찧고 참기름 짜고 고추 빻고
애호박 가지 부추 도라지 캐고
조금씩 까 모은 바지락 젓갈은
내 새끼 밥도둑이란다.

창밖 휙휙 스치는 무덤들
아이고 고사리 내 고사리
영감 산소에 갈 적마다 끊어 모은
내 고사리
서울 가면 고사리 없을까만
영감 땅김 쐰 고사리 같으까.

거실에 부려놓은 짐 며느리 본체만체
손주놈 게임에 몰두하고
몇날 며칠 꾸린 짐이
내가 봐도 하찮네.

꾸어다 놓은 보리자루마냥
거실 귀퉁이에 오도카니 앉아보니
창밖 아파트가 우리 집 TV맹이네

햇살다냥한 장독대 옆
졸속졸속 졸고 있는
달개비 꽃이고 싶네.

전라도 생김치

김치는 전라도 생김치가 최고라고
손가락 쪽쪽 빨며 찢어발기다
퀴퀴한 젓갈냄새에 코를 잡는다.

옹기 항아리에서 한 석 달 익으면
삭힌 홍어처럼 톡 쏘는 맛에
찬물에 밥 말아도 김치는 있어야느니
김치 빠지면 밥상이 아니라느니
지지고 볶다가
곱이 끼어 군둥내 나면 뒤에서 하는 말
먹고살기도 힘든 판에
갖은 야냥개를 다 부린다니까

젓국 빠진 시래기 서답줄에 널렸다가
생선 밑깔개 밥도둑 된다.

석모도 까마중

논밭도 뻘밭도 아닌데서
해풍 도는 석모도

손사래 치는 억새밭에
물까마귀 난다.

바람 불면 입 다물고
해 비치면 눈 가리고

입심도 뱃심도 없이 뚝심 하나로
맨땅에 수음하는 까마중

그것도 열꽃이라고
올망졸망 새끼 데불고
저녁별 뜨드락 자갈밭을 매는가

얼마나 더 맨땅을 기어야
쪽빛 하늘이 열리는 거니

얼마나 더 경배를 올려야
네 강물이 춤추는 거니

그대 손등에 핀 검버섯인 듯
까마중 열매 한 움큼 따서
입에 넣다가 목이 멘다
얼마나 목이 메었으면
네 이름을 먹딸이라 했더냐.

밤바다

하느님은 저녁예불을 준비하려고
밤마다 먹을 갈아 어둠을 풀어내는가.

바다는 밤에 보아야 제격이라고
말하지 마라.
시원의 이슬 한 방울이 바다에 이르기까지
밤이면 더 환해지는 주마등
한줌의 포말로 스러지는 바다에 서서
회한에 젖지 않는 이 누구인가.

밤마다 허무의 먹을 갈며
소망의 집짓기가 희망이라고
말하지 말아.

지상의 불빛이나 천상의 별빛이나
삶의 굴절임을 그대는 아는 것을
밤마다 칠흑의 어둠을 풀어내는 당신은
저녁예불을 준비하는가.

해리성 치매

먼 바다 조명탄은 머리위에 도는데
찬 달빛 아래 그것들을 보았어야하는가
검은 다후다 해일이 덮쳐
단칼에 천둥번개로
따개비 거북손 모자반 숲이
아니다 아니다 하며 쓸려가고
와글거리던 갯돌들 휩쓸어간 너럭바위
밀물이 촐싹거리며 칭얼대거나
장대 휘두르며 널뛰거나 말거나
아침이면 곱게 주름잡은 쪽치마 걸치고
흰 속옷 횟대에 걸고
잠이 든 바다
바다는 아무것도 생각이 안나

안산은

안산은 해방바람 불었다고 태극기 그려들고
동구 밖으로 동구 밖으로 치달리던 흰옷 입은
사람들 지켜보던 안산은
당산나무에 줄줄이 묶어놓은 눈애피 형겊들
싸리버섯 송이버섯 키워
애먼속 풀어주던 안산은
곤봉 맞고 돌아온 아들 싸리문 활짝 열어
등 따시게 안아주던 안산은
봄이면 청춘가슴에 진달래꽃
맞불을 놓고 서리가슴에 구절초꽃
향을 피워주던 안산은
어찌된 일인지 앉은뱅이 까끔 말리듯
답답하고 칙칙하고 말이 없고
……
내가 이러려고 안산이 되었는가

오버랩

화가 이중섭 '소'그림엽서 한 장
TV 위에 걸어 놓으니
오만가지 생각 담긴 눈
흰 창은 하늘 향해 부릅뜨고
엉버틴 네 다리 허공에 발길질이다.

다물어지지 않는 입 코뚜레에 끌려가던
울부짖던 소리 이명처럼 들려온다
나는 아무것도 아닌 채
텔레비전을 켠다.

농민대표 물대포에 떨어져
검은 걸레처럼 나뒹굴고
부검을 놓고 우왕좌왕
여당대표 단식 중에 나와
나라님께 충성을 말고는 아무것도
한 일 없다는 거므틱틱한 얼굴
오버랩 된다.

바보때까치

무얼 먹고 싶으냐하면
아무거나
무얼 보고 싶으냐하면
아무거나

무얼 보고 싶은지
무얼 먹고 싶은지
제 이름자 잊고 사는
줌마일세

한 때는
푸른 줄기 푸른 잎새
푸른 열매 달고
푸른 하늘 주름잡지 않았냐며

골다공중에 푸석거리는
수숫대 깔고 앉아
고래고래 소리 지르는
바보때까치

고지 먹은 인생 1

추사가 세한도에 소나무 한 그루 세워놓고
붓끝을 세워 불입 蘭을 뽑고
그 회열을 난꽃 한 송이로 피우듯
그대 가슴에 솔씨 한 알 심어놓고
바람받이에 서있는가.

사는 일이 받은 것도 없이 주어야할 고지도 있고
조금 받고 많이 갚아야 할 고지도 있다네.
벽에 梅蘭菊竹 액자를 신주 모시듯 걸어두고
골수에 새겨도
대박 난 복권집 하루 종일 줄 서 돌아가네.

오만가지 요상한 일 일어나는 세상
하느님 오지랖은 넓기도 해서
보리누름에 고지를 풀고
조상님네 고지 먹은 추렴에
후손들 큰 고지를 먹었다는
이 생각, 저 생각……
불을 켜고 잠든 딸의 얼굴 비춰보네.

고지 먹은 인생 2

임진년 가뭄에 죽 다섯 동이에 넘어간 죽논배미가 있었느니라. 그 논은 물 좋은 수퉁배미였느니라. 목구멍이 포도청이라 일제 징용에 끌려갈 때 쌀 서되 고지 내어 장량해간 미숫가루 아까워 절반도 못 먹고 가져왔느니라. 면서기 다닐 때 아침 굶고 팔십 리. 빈 도시락으로 물배를 채웠느니라. 주머니의 동전도 눈이 달려있어 주인이 아니다 싶으면 도망을 가지. 죽논배미에 희망이라는 말목을 박고 한밤중에 더듬어보면 어제보다 더 자란 감촉이 좋았느니라.

사랑방에서 스님이나 교인들과 밤새워 얘기하면 그 정상은 善이었고 조상을 섬기고 고향을 지키는 유학의 근본과 다름 아니더라. 강에 둑을 막아 홍수를 막고 전기를 끌어들여 어둠을 밝히고 가뭄에 관정을 파고 저수지를 만들 때 민부담은 내 몫이었느니라. 관차를 타고 집에 온 일 없고, 사람들이 자전거 오래 타는 법을 물으면 걷는 것 보다 조금 빠르게 타라 일렀느니라.

사람도 기계와 같아서 기름 치고 못도 조여 줘야 오래 쓰는 법. 한번 내리막이면 걷잡을 수 없다 했느니라. 혈전으로 떨어져 누워있을 때 웅둥 꺾인 나무였느니라. 의사는 가장 나중 죽는 것이 듣는 귀라 하였느니라. 살얼음을 밟듯이 살아온 것도 자식들 때문이라. 호흡기를 뽑아야 할지 말아야 할지, 우왕좌왕 자식들. 작은 고지 먹었네 할란가 아닐란가.

히어로

나라 빼앗긴 기미흉년에도
지금처럼 먹는데 목숨 걸었을까

TV도 거리도 뒷골목도
온통 먹거리 천지다

유명 탤런트보다 더 뜨는 먹방
오천만의 히어로다

손주놈 장래 희망은 셰프
손녀의 장래 희망은 쉬에프

복돌이 개껌에 게침 흘리고
TV를 보고 있는 나는 침 삼킨다

목젖이 아름다운
그대여 내 눈을 감겨라

동짓달이 되면

십이월이 되면
나무도 털갈이를 한다
소나무도 솔가리를 한다.

동물들은
동굴 속으로 들어가 털을 고르고
히히 몸을 돌려 돌아눕는다.

나무들은
검지 손가락으로 귓밥을 후비듯이
바람 잎을 날려 보내고
발목을 끌고 들어가
실눈을 끔벅거리며 알을 실어 놓는다.

파리가 생선에 알을 실어 놓듯이
봄씨를 실어 놓는다.

간헐천

남자와 여자 두 지각판이 만나
해밭 동산이다가 해넘이 까막재다가
언제 끓어오를지 모를 간헐천이다

자욱한 안갯속
솟구치는 물분수를 다스려야
오로라빛 무지개가 뜨리라

아무도 가줄 수 없는 길
어머니가 가셨던 그 길
어두운 밤 말없이 서서
딸아이 가는 길을 보고 있다
내가 걸어온 길을 보고 있다

무덤에 핀 선모초

사는 것이 곽곽할 때
공동묘지를 찾는다
있는 자나 없는 자
힘센 자나 약골인 자
이곳에 오면
한통속인 인생이 보인다.

살면서 한 사람의 知人만 얻어도
족하리라는 성현의 말씀
바라보는 곳이 다르다.

입맛에 맞지 않아서
무희처럼 캉캉춤 추는 제라늄 들여놓고
비릿한 냄새에 젖어 살다
막힌 혈관 투석해 줄 사람 없을 때
그 칠흑의 어둠이 얼마나 무서울까
맨발에 모래알이 얼마나 따가울까.

모암에서 튕겨져 나와
수많은 골짜기와 계곡을 지나
한 줌 모래알로 누워
가슴에 묻어둔 첫사랑 향기
무늬 꺼내어 네 무덤에 꽃 피운 거냐.

구도심 구멍가게

이 집엔 내 방이 없다고
처음엔 서방이 집나가고
다음번엔 자식들 하나 둘 빠져 나가고

셔터 내려진 가게 앞에 쭈그려 앉아
이 궁리 저 궁리 市에서는
구도심 살리자고 루미나리 불 밝히고
벽을 헐어 리모델링해도
혹시나 하면 역시나
월세도 전세도 찾는 이 없어
市에 집 저당 잡혀 생계를 이어갈까
구도심 구멍가게 산술은 어렵기도 하다.

제2부

미친 술래

사람이 다닐 수 있는 길이란 길을 다 헐어
올레 길을 만들어도
이 땅 억울한 영혼 깃든 숲, 숲정이 많아
네 아비와 네 형아와 네 이웃이
굴비두름으로 엮여 우물 속이나 서해바다에
참담하게 수장된 원혼 아직도 많아
아직도 끝나지 않았더냐, 술래 없는 숨바꼭질
너희는 하우스 속 어린 묘목
갓 태어난 봉제완구
미친 제국의 갓 구워낸 토우
네 아비와 형아가
꼼짝하지 말라 하면
신발장 장롱 속에 갇혀
깜깜한 밤 물거품으로 떠올라
청솔바람 파도소리로 우느냐
하늘로 치솟은 빌딩
지하 터널
가시덤불 속 다 뒤져도
미친 술래는 없는 것이냐

오구삼살방 1

내가 사는 집은 오구삼살방
地水火風의 드난지 였어

남한강 명석도 불 맛을 보면 모래가 되고
봄꽃과 가을 쑥부쟁이
절집 뒤뜰에서 캐온 머위순도
검게 시든 잎 버리기 일쑤였어

내가 원하는 것은
햇빛에 반짝이는 작은 풀잎들
쓸고 닦고 얼룩을 빼도
닦고 쓸어도 윤기나지 않아
업장이란 놈 쌓여만 갔어

설산에서 득도한 이여
산 어미에게 바친 공양만으로
벗길 수 없는 업장이었나
검버섯 핀 손등과 이끼 핀 핏줄

구멍 난 숨길 뿐이니
地水火風의 드난지에서
가을비 질척이는 이 아침
비질소리에 깨어
비둘기 소리 듣고 있어
도심의 비둘기 소리 듣고 있어

오구삼살방 2

아침에 눈뜨면
발끝치기를 오백 번
버려진 파지를 손바닥에
호두처럼 주무르며
삼만 육천 개의 신경이 깨어나길
그래 한 번도 내 몸을
쓰다듬어 주지 못해 미안하다
꿈결에
희뿌연 무덤이 열려 보이고
눈뜨고 봐도
벽에 천정에 동그라미 동그라미
문밖에서 서성대는 검은 그대여
앞문으로 오시게

오구삼살방* 3

오구삼살방 입맛은 쓴 소태맛이다
간장은 쇠털 색으로 우러나지 않고 성에 끼고
잠간 쏟아진 소나기에 짚시랑 홀통에
미꾸라지 한 마리 파들거린다
이 산중에 웬 물질이냐
상전이 벽해 되기 쉽다더냐
해가 등등한 대낮에
커튼을 내리고 히히거리는 음모로
인생이 겨자씨만큼 달달해지는 거냐
아니다 아니다 그건 아닌 거다
소금 맛은 소태맛이 아닌 거다
캄캄한 밤바다에 나와 앉아
바다 속울음 엿듣고 있어
자루에 돌을 달아 수장할 때
꺽꺽대던 피울음
수장된 혼백들 수초로 돋아
서걱대는 흐느낌
바다 네 눈물은 왜 그리 쓰린 거니

바다 네 가슴은 왜 그리 넓은 거니
진득진득한 뻘밭에서 짱뚱어가 뛰니
시궁창 미꾸라지 너까지 튀어나와
집시랑 홀통에서 파들거리나
아니다 아닌 거다 그래도 아닌 거다
바닷물은 소태맛이 아닌 거다
인생이 쓴 소태맛인 거냐

* 오구삼살방 : 이사 갈 방위 중에서 가장 흉한 방위를 일컫는다. 한사람에
  게 단 한곳만이 존재한다고 한다.

닭의장풀

닭장 아래 장독대 옆
풋풋한 풋살 드러내놓고
독기도 몽심도 없이
나물에도 오르지 못한 바리데기

거름자리건 풀숲에건
던져진 자리에서
새벽하늘 한번 보고 새벽별 닮은 아이
샛별 한번 보고 별빛 닮은 아이
시도때도 없이 꽃을 피워

꼬질꼬질 말라가다
장마지면 산사태에 밀려
어디로 흘러가는지
어디에 머물러야 하는지

시궁창에 던져놓아도 쪽빛 웃음
근기 하나로 꽃을 피워 명부도 없이 꽃을 피워

그래서 그를
잡초라 했어 농투산이 닭의장풀

우둔

노익장 시인을 만나
비결을 물으니
잠자기 전 물 한 잔
잠깨어나 물 한 잔
물만 잘 마셔도 잘 사는 것이란다.

평소에 마시지 않던 물
억지로 넘기다 사래들어
눈물 쏙 빼고 가슴이 쓰리고 아파
물은 아무나 먹는 게 아니라네.

나그네에게 버들잎을 뿌려주던
조상님네 지혜만큼도
눈곱만큼도 없는 지혜를 짜내봐야
백내장 낀 우둔이라니.

빌딩숲에 갇힌 비둘기떼 1

베란다 창틀에 앉아 아침에 눈 뜨면
빅마마 눈초리처럼 치켜든 빌딩들
소독 펌프 돌아가는 풀숲에
벌레 한 마리 꼬이지 않는다.

아이들이 던져준 과자 부스러기 몇 알
종량 쓰레기통엔 밥티 한 알 흘려있지 않는다.

골속 골속 울어봐야 메아리는 없고
토해내지 못한 울분
거세된 목젖이란다.

빌딩숲에 갇힌 비둘기떼 2

빌딩이 높으면 행복한 거니
지하도가 깊으면 황사를 막아주니
자유나 평화의 상징 그대
서커스의 뒷자락에 날려줄거나
서커스의 백미는
장대 끝에 돌아가는 사발 돌리기
조선마당 돌리던 통돌이 쇼
아키타 서커스에 마이클 잭슨 서커스
동춘쇼에 랑랑쇼 빼놓지 않는 레퍼토리 접시돌리기
어질병에 지랄병이 되어도
접시는 깨어서는 안 되느니
서커스 뒷자락을 장식해줄
평화의 정령 그대는 오늘도
고향 숲을 꿈꾸는가.

빌딩 숲에 갇힌 비둘기떼 3

재개발 아파트
시골 논밭 팔아 세 들어온 지 십 수 년
갈대꽃은 갈대꽃끼리
애호박은 애호박끼리
유모차 세워두고 상위 10%를 꿈꾼다.

갈대꽃은 손이 심심하여
검버섯 핀 손등을 후비고
애호박은 입이 심심하여
늘어가는 체지방

구구 비둘기야 너는 어떻게 사니
앞집에서 콩 한쪽 뒷집에서 팥 한쪽
너랑 나랑 알콩달콩 사는 날이 올까나.

잠들 수 없는 밤에

잠들 수 없는 밤에
주마등처럼 넘어가는 필름들
빛보다는 어둠이 꽉 찬
지하 감방에 갇혀있나이다.
혼자서는 지울 수 없는
당신 전능의 손길로
순백의 필름을 끼워주소서.

속초해변

속초해변 그곳에서는
하늘땅이 어깨를 짜고 놀데

내 어릴 적 옹달샘에 숨어 놀던 흰 구름
금실은실 세모래 풀어
맑은 날에는 파란 칠판에 흰 백묵선
흐린 날에는 먹줄을 치고 놀데

인생의 강물은 무서운 작두날
맨 정신으로 운명을 타야했네

잡석강변에서 수석壽石을 꿈꾸며
생피 자욱을 씻어낼 수 없었네

속초해변 그곳에서는
작은 너울이 오면 큰 너울이 따라오고
큰 너울이 오면 작은 너울이 어깨를 잡고
하늘과 땅이 돌리는 너울을 타며
모두 모여 손잡고 어깨를 짜고 노네

큰 너울이 오면 작은 너울이 손을 잡고
작은 너울이 가면 큰 너울이 어깨를 짜네
손주야 인생은 작두타기가 아니란다
손자 손잡고 너울을 타네

놈, 놈, 놈

친구야
별일 없는가
요즘 같은 세상에
별일만 없어도 참 다행이다

원인과 결과니
사필귀정이니
뿌린 대로 거두느니
호랑이 담배 피우던 시절 얘기라서

고속도로 역주행하는 놈
시너 뿌려 다 함께 죽자는 놈
묻지마 살인하는 놈
제 딸년 강간하는 놈
재미삼아 살인하는 놈
놈, 놈, 놈.

부메랑

생울타리 타고 오른 박주가리
콩포기를 감고 오른 새삼 넝쿨
기와지붕에 얹혀살던 와송
우리는 그들을 더부살이라 했다.

뽑아도 뽑아도 돋아나는 쇠비름
던지고 짓밟아도 뿌리내린 쇠때기에 명아주
우리는 그들을 잡초라 했다.

잡초는 뽑아야 했고
농사를 그르치면 안 되었다
세상에 경천동지할 일은
뽑혀지고 짓밟히던 더부살이 기생식물
흙을 다지고 포자를 심어
장생불사를 꿈꾼다는 것이다.

흙의 탯줄을 잡고 허공을 날다 돌아온
민들레 홀씨다
박주가리 풀씨다.

임진강 1

나뭇잎이 실핏줄을 다 놓아야
우러나는 붉은 물과
저 철조망에 걸린 저녁 해가
풀무질을 하고 있다.

몇 광년을 달구어야
손에 손을 잡는거냐

하늘 땅 불과 물이 만나
철 철 철 몇 겁을 울어내야
억새풀 날리는 강둑에
꽃물이 든다더냐

울 엄니 소망하던 새아침
물안개 걷히는 아침이
오기는 한다더냐

임진강 2
– 살풀이

여기 다 모여라
피똥 싸고 죽은 넋
허리 잘린 몽당귀신
물에 잠긴 물귀신
너희들의 놀이터다.

홍성담이 그린 만장을 걸고
판화가 오윤의 작두춤
이애주 춤사위로
짱깨들 전족한 저승사자
양코배기 저승사차
쪽발이 저승사차

열두 발 상모 돌려
임진강 사흘장 열어
살풀이 하자
두루마리 한지 살위
온갖 잡귀

대무신앙 작두춤으로
온갖 잡귀 사파 퉤

이 땅에 풀 한 포기 남아나지 않겠네

사스가 지나가고 신종 인플루엔자
백신도 없고 감염경로도 몰라
십억 중국이 떨고 있는데
하늘에 그물을 치고 철새 발목에
전자발찌를 채워야하나
손바닥만한 땅덩이 반으로 잘려
송키를 벗기고 밀싹을 베던 시절에도
나무에 구멍을 뚫어 수액을 빼내지 않았는데
암세포에 온갖 성인병 신종 인플루엔자에
쇠비름 질경이 씀바귀 엉겅퀴 와송에 겨우살이
조릿대에 솔잎까지
백가지 풀을 뜯어 효소를 만들어야 하나
이 땅에 풀 한 포기 남아나지 않겠네.

낙엽 인생 1

안타까운 밀의密意를 흩뿌리는 은행잎
핏빛 염원을 쏟아내는 단풍잎
제자리 내어주고 새 질서를 세우는
저 생명의 아우성
내 유년의 나뭇잎 청록의 잎은
어느 하늘을 날고 있는가
매캐한 매연의 눈시림이다
바람은 종로에서 청계광장으로 부는데
청계천에 발을 담그고 제주 삼다수를 마신다
제주 풍림원에서 불어온 바람에
차곡차곡 쌓이는 낙엽
우리는 왜 낙엽을 보면 밟고 싶어지는가
밟힐수록 속눈이 환해지는 三界
三界火宅에 새 질서를 세우는
저 생명의 아우성
낙엽 인생들, 인생 낙엽들.

낙엽 인생 2

지난밤 꿈에 바람이 세차게 불어
늘피하게 쏟아져 내린
상수리 푸른 잎 꺾인 가지들
인큐베이터 없는 산실이었어

밑이 돌지 않는 열매가 짓이겨져
하얗게 말라가는 모습에
숨이 막혀 죽는 줄 알았어

깨어날 수 없는 악몽이었어
꼭 그래야만 했을까

낙엽 인생 3

낙엽을 보면 떠오르는 얼굴들
검버섯 피고 주름져 벌레 먹은 잎새
각기 다른 모습
각기 다른 색깔이다.

제 살아온 내력
제 살아온 세월이 보인다
아침 햇살에 영롱하게 빛나던 잎
모진 바람에도 삶의 끈을 놓지 않는다.

세월만큼 짙어진 혈흔
퇴색한 머리 쓸어 넘기며
가장 멋진 텀블링을 꿈꾼다.

가을 숲에 저 산수유
가장 먼저 꽃피우고
맨 나중까지 열매를 키우는
벌건 가슴 시리다.

낙엽 인생 4

낙엽은 평생을 별러 지은 집
살아보지 못하고 가신 이다.

참빗살나무 심어 놓고
가을이 오기 전에 떠난 이다.

낙엽은 열리지 않는 빗장 앞에
꺾인 무릎이다가
암벽을 오르기도 하고
늪에 잠기기도 하는 나그네.

낙엽은 가진 것 다 털어내고
돌아서는 빈 손……
실핏줄 마를 때까지
저 살아온 뿌리를 생각하고
이웃과 섞여 한 몸이 된다.

제3부

매향梅香

지구 온난화에 서울 근교에 매화가 피고
남도 무화과에 단맛이 든다.

문턱도 문지방도 없는 집에서
열대 다육식물 올망졸망 키우면서
강암 선생님 댁 댓돌에 핀
눈 속에 두어 송이 靑香을 보고 있어

서양영화 <라이안의 처녀>에서
흰 달밤에 흰 잠옷을 날리던
그 향이 이 향인지
딸아이 풍기고 간
저 향이 이 향인지

梅花 두어 송이 찻잔에 띄워놓고
그 옛날 눈이 시린 梅香을 보고 있어.

난蘭 생각

신석정 선생님 회갑날에
무슨 선물할까 이 궁리 저 궁리 끝에
나긋나긋하신 사모님 생각나
관음소심觀音素心한 盆 사 들고
노송동 고개를 조심조심 올랐어

난蘭은 선비다 생각하던 시절
강암 선생님은 철골소심鐵骨素心이나
건난建蘭이었어

난을 키우다 보니 남도 땅 春蘭은 향은 없으나
우이도 자화紫花 함평 홍화紅花
민춘란에서 素心蘭이 나오고
남도땅 민춘란이 난이구나
나의 눈을 뜨게 했어

추사 선생 벼루 몇 개 막장내고
불입난 뽑고 수 십 개의 낙관落款을 찍듯

내가 그린 난에 선뜻
낙관을 찍을 날이 언제일는지.

연민

목윤 시인이 다음 생에는
새가 되길 바라거나
송문 시인이 기분 좋으면 금식
기분 나쁘면 굶식이거나
이 또한 생의 연민이리라

내 사촌이 벌교 앞바다에서
꼬막양식을 하다 자살한 자리에서
꼬막을 갈퀴질하고
봉이 김선달이 대동강 물 대신
제주 삼다수나 백산수를 마신다

당신 애써 지은 강낭콩 생땅콩을
쇠죽솥에 퍼 넣었고
나는 약콩이라 하여 약식을 해먹는다

선견지명이거나 만시지탄이거나
지구는 자전거 페달을 밟을 것이다

내가 늙어 또래만 보면 힐긋거리는 것도
목윤 시인이 다음 생에 새가 되길 바라는 것
송문 시인이 굶식인 것도
이 또한 연민이리라

성한 나무 한 그루 없네

재개발 아파트 당산나무 뽑히던 날
날개 접은 매미들 노래 잃은 텃새들
어디로 갔는가

떠나온 고향으로 되돌아갔는가
도시 매연에 깜부기 되어
어느 고목나무 끝 겨우살이 되었는가

잎이 싱그러웠다하여 속내까지 싱그럽나
우리 모두는 감염된 보균자들
성한 나무 한 그루 없네

사랑이 그리우면 남해안 동백섬으로 가
붉은 채 뚝! 뚝! 지는
동백꽃을 보러가

돈 냄새가 그리우면 남해안 돈나무를 보러가
좁쌀좁쌀 피어나는 푸른 잎 속 하얀 꽃
생명의 시원 쌀꽃향을 맡아봐

목련꽃 아래 서면

저 광목빛 환장하게 눈부신 꽃 아래 서면
왜놈들이 뿌린 먹물 묻어 옥사하신
할아버지 두루마기 찢기는 소리
평난바람(해방) 불었다고 동구 밖으로 동구 밖으로
내달리던 흰 옷 입은 사람들
태극 깃발 소리
아내는 좌익에 아비 잃어 우익 되고
남편은 우익에 아비 잃어 좌익 되어
뼛속까지 맞물려 삐걱대는 소리
세상은 온통 응어리진 어혈
하얗게 쏟아내는 저 광목빛 눈부심에
숨이 멎을 것 같아
여보게 우리 그곳에나 가세나
그곳엔 지천으로 흐드러진 야생화
멸종된 희귀동물 무풍지대일세
오다가 칼칼한 바지락 칼국수나, 막국수 한 그릇
광목빛 기분으로 시언히 들고 오세나.

하얀 풍경

2012년 9월 세 번의 태풍에
하얗게 쏟아져 내린 果園에
하얗게 떠오르는 물고기 떼
초라하게 말라가는 벼이삭

목련은 손자놈 고추 같은 꽃망울 뿌지직 내밀고
치매 온 할머니 속치마 들추듯 꽃망울 터뜨려
하얗게 변한 아버지 낯색으로 떠있는 구름

우리들 소망 갈망이 커도
세상사 악화는 양화를 구축해도
망각의 잠 깨어 다시 일어나
그대들 그물을 치고 호미를 잡으리

지구 온난화
태양 분화구
어쩔 수 없는 재앙이라면
이 순간 뜨거운 손 다잡으리라.

이앙移秧

너희를 어디에 심어야 하나
모포기가 누렇게 뜬 모판
이앙법은 구식이라 하고
직파법이 대세라 한다.

네모 상자에 가지런하게 반듯하게
사고의 틀에 가두지 말라 한다.
바람과 햇살이 알맞은 곳
산 좋고 물 맑은 곳, 가리지 말라 한다.

열매가 탐스러웠다하여
낙엽이 더 고운 것도 아닌데
세한의 솔잎도
빈 들의 포플러도
바람 쫓는 새떼처럼
다 같은 낙엽일 뿐인데
누렇게 뜬 모판을 보는
농부 마음 어미 마음.

초록별

모든 고개 숙인 것들이
땅으로 돌아가면서
하늘나라로 간다하네.

빈손을 흔들고 서있는 그대는
돌아갈 땅이 없다하고
하늘에서 보면 땅이 하늘이데
운무 거느린 초록별이데.

그대여
가을들에 나서봐
고개 숙인 벼이삭 수수꼬다리
모든 고개 숙인 것들은
땅으로 돌아가면서
하늘나라로 간다하네.

푸석거리는 그대는
돌아갈 땅이 없다하고

하늘에서 보면 땅이
운무 거느린 초록별이데.

노욕老慾

I

혈압으로 네 번 떨어져 오줌을 지리면서도 죽로竹露를 마시러 오시던 어르신, 꽃도 피우고 열매도 맺고 무성한 그늘을 드리웠어도 눈 감으면 죽는 거라며 뜬눈으로 가셨다하네. 꽃도 열매도 제대로 된 그늘도 드리워 보지 못한 채 밥벌레처럼 더듬거리며 농지거리로 입에 기름칠한다네. 종묘장에는 이양 한 번 못해본 묘목들이 늘피하게 말라가는데.

II

그대가 공원 벤치나 종합병원 의자에 앉아 세상 구석구석을 닦느라 찌든 걸레가 되었노라 의기양양하게 고개를 들어도 어제 싹튼 나뭇잎, 고궁의 기왓장만도 못한 인생이란 것, 그대도 알고 세상도 알아.

아무리 폼 클렌징으로 닦고 브라더 미싱으로 수선해도 찌든 걸레야. 요즘 극세사로 찍어낸 청소용 걸레가 비교도 안 될 성능이란 걸 그대도 알고 우리도 알아. 한때는 쓸 만한 런닝, 백양표나 쌍방울표 런닝샤쓰였다고.

III

햇살이 따갑거나 꿀꿀한 날에는 백화점이나 대형마트에 들려 하루 만보를 걸으면 인공 피톤치드에 황홀해지네. 매대에 누워 있는 꽃가지만 들춰봐도 온몸에 꽃물이 들어 내 몸에선 무슨 냄새가 날까, 아로마 재스민 인공 피톤치드, 공짜가 미안해서 사 모은 샴푸 한 가득이네.

끓는 물에 밀가루 한 수저로 쪽진 머리 윤기 자르르 했던 어머니, 비단 같은 발가락이 닿아 예쁜 우리들이 태어났나 싶었어. 내 손발에서는 수세미 소리가 난다.

IV

세상은 온통 백자잔에 우러나는 유록柳綠 빛인데 노목老木은 심근경색으로 괴롭다하네. 봄에는 부지깽이에도 싹이 트고 마른 가지도 뿌리가 내리니 사라지는 빛에 분노하여 보는 것, 먹는 것, 추억까지도 아니다, 아니다 라고 말하지 마소. 아프지 않는 老木 어디 있는가. 나무란 나무는 다 수액이 흐르고 독풀도 발효하면 약이 된다니 골든타임은 지키도록 하세나. 빌딩 숲에서도 백매향, 백목련이 그리메이니 오늘 그대 찻잔에 설매雪梅 한 송이 띄워 보내오.

V

아들을 뒤주에 가두어 죽인 영조대왕. 오래 살려고 타락죽을 자셨고 난 아침마다 해독주스를 마셨어. 건강검진에서 암 진단을 받으니 더러운 기분이 드네. 그 나이되면 수술해도 5년, 안해도 5년이니 동무삼아 살아가라네. 미안한 건 암으로 죽거나 수술을 했다는 친구들, 딴 세상사람 같았다는 것.

그대는 미나리꽝 왕잠자리

그대는 미나리꽝 왕잠자리
안구건조증에 수액을 넣고
눈망울을 굴리면서 나를 보네

자운영꽃에 잉잉대는
벌나비도 되고 싶고
배춧잎 그늘에 날개를 접고 싶어
노을 붉은 밤하늘을 바라보네

강물이 풀리면 갯버들이 피리라는
말씀, 말씀으로
봇도랑을 찰랑이는 소리에
가문 논바닥을 적시고 물기둥이 솟아
밤하늘에 쏟아지는 별빛처럼
노래하는 맹꽁이고 싶었네
맹꽁이처럼 노래하고 싶었네

그대는 미나리꽝 왕잠자리
막걸리잔 앞에 놓고
꽁지를 흔들면서
노을 붉은 밤하늘을 바라보네

차마 아니라고 말할 수 없었네

배꽃 화환 흔들리는 족두리 쓰고
소심 한포기 키우려 했네
황금빛 중투 은백의 복륜
黃化素心 우이도 紫花
복색이 고와
차마 아니라고 말할 수 없었네
음지엔 음지식물
양지엔 양지식물
남도땅 갯바람에 단내나는 무화과
유자가 척박한 땅에서 탱자가 되노라는 말
차마 아니라고 말할 수 없었네
석삼년을 갈아도 바뀌지 않는 토양
더러는 아집이라 섬길 수 없다 했고
돌처럼 굳어져 꽃필 수 없다 하네
차마 아니라고 말할 수 없네
눈 감고도 찾아갈 수 있는 골목
환히 비추던 찔레꽃이 그립네

나라꽃

아파트 경비실 옆
근면 성실 인내
나라꽃 명패를 달고 피어난 무궁화

안녕하세요
수고하시네요
도로에도 공원에도
나라꽃 모자를 쓰고 피어난 무궁화

안녕하세요
수고하시네요
가훈도 급훈도 교훈도
근면 성실 인내
가슴에 나라꽃 명패를 달고 피고 지는 무궁화

분재원에서

"하루 종일 산속을 헤매도 잘생긴 정원수를 찾기는 힘든 일이
다."던 당신의 말은 신화였다.

요즘 정원은 잘 손질된 분재원이다. 철사를 감아 수형을 잡고
웃자란 가지는 치고 잎을 솎아내 의족을 신기고 고깔을 씌운다.

낙엽이 쌓여 보료를 이루지도 세월을 이겨내지 못해 쓰러진
고목도 없다. 바람이 대숲에 숨지도 않고 이슬은 연잎에 구르지
않는다.

기형이 표준이 되고 정형된 틀 속에 호들갑스런 조산(造山)이
거기 있다. 손질 안 된 상품은 죄악이다. 잘 포장된 상품만이 진
열대에 올라 팔릴 수 있다.

금강송이 금송과 손을 잡고 무궁화가 모란을 안고 탱고를 꿈
꾼다. 선인장과 난이 기상천외 기기묘묘 아짐과 아재들이 난리
부르스다.

"이렇게 하면 환하게 보여." 눈꺼풀을 들어 올리시던 어머니.

"할머니 눈은 뱀눈이여." 하던 손녀가 꼬막처럼 뒤집어 간 눈
에 검정 선글라스를 쓰고 분재원에 서 있다.

뚝방길 1

오시네
왼다리를 옆으로 대고
오른다리를 털어 붙이며
평생 배워보지 못한 박자 맞춰
뚝방길로 오시네
한손에 장작다발
한손에 국수다발
새참거리 손수 챙기시니
비웃고 쑥덕거려도 아랑곳 않았네
예나 이제나
오적五賊이 창궐하는 이승이
저승보다 나은가
어젯밤 꿈속에
옥색두루마기 곱게 차려입고
왼다리 옆으로 대고
오른다리 털어 붙이고
엇박자 맞춰
뚝방길로 오시네.

뚝방길 2

딸아이 개를 새끼라 부르니
족보 따지면 손자뻘 강아지
뚝방길 킁킁거리며
갈대숲에 코를 박네
곧추세운 귀 흙고동 같은 코
꼬리를 감아올려도
똥국이 몇 번이나 튀겼는지
알 수 없는 족보라네
예나 이제나
똥개 세상에
족보는 무슨 족보
주인 손발 잘 빨아주고
배변통에 똥 잘 누고
비리고 구린 양말 쪽쪽 빨다
제 버릇 개 못주고
뚝방길 킁킁거리며
흙바닥에 코를 박네.

뚝방길 3

뚝방길 텃밭에
둥글레 범부채 선모초 쑥부쟁이
하늘거리는 코스모스
내 닮고 싶은 좋, 품성이었네
자리 따라 판이 다른가
달 속 토끼가 빠져나간 분화구
그윽한 정취도 신화도 없이
한판 속에 버무려 살았네
예나 이제나
한번 기울면 헤어나기 힘드는가
비릿한 내음
요염한 몸짓
내 창을 밝히는 제라늄
청향도 청초도 잊고 살았네
남도땅 민춘란 그 품성
잊고 살았네.

개망초 피고지고

아파트에 심었던 느티나무
한 아름 되니
아파트 뿌리를 흔들거라며
베어낸 자리
개망초만 피고지고
가로수 낙엽이 암 덩어리라며
밑동만 남기고 베어낸 자리
움쑥움쑥 덤불만 자라
거꾸로 불러야 바로 걷는 강아지풀과
개망초만 피고지고
빈들에 그늘을 주던 느티나무
농사 그르친다며 베어낸 자리
새떼처럼 날아 앉은 민들레
하양개망초만 피고지고

금낭화

투구를 쓰고나온 오랑캐꽃
하늘바래기 애기별꽃
망한 놈의 망초꺼정
구구한 제 사연 풀어내는데
꼭꼭 여민 네 속내 알 수 없구나
지난세월 음습한 뒤안
무릎이 깨지도록 짓이겨져도
앙가슴 꽃등을 줄줄이 달고
흔들리는 네 숨결 떨고 있구나.
네가 사는 방법은
서늘한 솔바람 주머니에 담고
안으로 안으로 삭이는 것
붉은 등 허공에 떨고 있구나
요다음 다음 생엔
들풀처럼 풀꽃처럼 활짝 펴
빛을 보거라 별을 보거라.

고희古稀

유자를 척박한 땅에 묻으면
탱자가 된다 하네
탱자인지 유자인지
나는 모르네.

굼벵이가 땅을 갈듯
눈 코 입 막고 땅을 갈았어
날아오를 하늘도
날개 접을 땅도
높은 가락 뽑아 올릴 목청도 없이
다리 잘린 풍뎅이가
마당만 쓸고 있어.

빙글빙글 도레미만
빙글빙글 미레도만
함평에선 풍뎅이가
돈 전대를 차고앉아
빙글빙글 도네마는.

거세된 봄

해발 일천 구백 미터 지리산 속
후쿠시마 원전 분진 속에서
복수초며 개불알난
꽃들이 피는 데

옥상 분경 속 은행나무
뭉투룩한 잎자욱
두 팔을 허방에 대고 밀음이나
즐기는지

복돌이 쓰다듬는 손가락 사이
거세된 봄 햇살 심술궂게 훑어본다.
괜시리 복돌이만 성가시게

모노륨 장판 깔고 앉아
손가락에 침 발라
흰 머리카락 줍고 있다
그 옛날 어머니처럼.

제4부

반란

베란다 화분에서
고향 풀냄새를 만났는데
하얀 이끼가 되어 초록을 좀 먹는다.

계란 부스러기 떨어진 나뭇잎
쓸어 모은 흙먼지 분에 넣으면
편리하다 싶었다.

농약을 분무기로 뿌려볼까
농약 통에 화분 째 담가볼까
참숯 한 덩이로 곱이 낀 간장 맛이 돌아오듯이
참숯 개어 바르면 허리통증이 가셨듯이
참숯을 갈며 하늘을 본다.

위벽에 던진 쓰레기 부메랑으로 돌아와
독소를 품으며 반란을 일으켰다.

길눈 어두워

누에 뽕잎 먹듯 시간을 갉아대다
잠박에 오르려니 하늘이 하얘지다
깜깜해지데
옛날 골병든 육신 욱신거려
빠돌 구워 찜질하는데
오수 제사공장에서
번데기 나눠먹던 친구들
종로 3가에서 잔치를 한다네.

어떤 이는 1호선 타라하고
어떤 이는 2호선 타라하고
어떤 이는 3호선 타라네.

잔치 끝마당 절반은 번데기로
고개를 드는데 아직 덜 익은 그대는
녹조 훈장을 탔는가
그것 참 쌤통이라는 표정이네.

어머니는 왜 누에를
세상에서 가장 사랑스럽다했는가
누에는 왜 넉 잠을 자고나야
잠박에 오르는가
길 눈 어두워 영암 가서 함평이냐
함평 가서 영암이냐
퉁바리맞으며 헤매던 삶
그 길이 그 길이었나볘.

신천지新天地

여기 다 모였구나
동구 밖 내달리던 친구들
보리밭 흔들던 바람
아파트 숲으로 이사 왔어.

솥텅솥텅 울던 두견이
찾지 못한 꾀꼬리
보도블록 헤며 빌딩숲으로
삼색제비꽃 도심을 장식하고
배스와 블루길 만삭이 된 강둑
먼지 자욱한 황사 길이다.

복주머니 은방울 뻐꾹채 선모초
순하디 순한 얼굴에 보톡스를 맞으려나.

삼수갑산을 갈망정
명패를 달고 싶은
들꽃 그대들 여기 다 모였구나.

손 없는 날

우리 동네 어르신들
외양간 돼지울에 새 식구 들일 때
간장 된장 담그는 날
손 없는 날 받았댔어

우리 고을 의원님은
조상음덕으로 금배지 달고
무거수 거수기로 의견 창출 못했어도
도사님 모셔두고 손 없는 날 출입했어

우리 부모 자수성가
자식위해 음덕 쌓고
자식들 내보낼 때
손 없는 날 보냈으까

이살저살 파살에
사방팔방 허방살
살고나도 허무살
살아갈날 허망살

그대여
다음 생에 오시려거든
손 없는 날 오시게.

숙모는

숙모는
뒤울안 환하게 밝히는 참꽃이다가
가시 돋친 엉겅퀴 솜꽃이다가
ㄱ字로 꺾여서는
우리 집 냉장고에 피는
고추장 꽃이다.

옥양목 배냇저고리 입혀 키운 자식
멍든 세월 얼비친 자목련이다.
키다리 범부채 하늘나리도
옥상 모래톱에서 초분이 되고
제 몸의 물기로 피어날 수 없는 봄

벚꽃 날리는 둑에 앉아
흰머리 빗고 있는 숙모는
처음부터 할미꽃이더냐.

집으로 1

저 지평선에 수직의 굴뚝이 없어서 다행이다
서울에서 부산까지 새참 만에 도착하는데
한나절 끝없는 벌판을 볼 수 있어서 다행이다
답사꾼의 눈에도 도굴꾼의 눈에도
구경 건덕지라곤 눈 씻고 볼 수 없어서 참 다행이다
기껏 TV에 소개하는 맛집뿐이라서
아침 물안개는 해 뜨기 전 유달산이 그만인데
일주로 한번 돌아
그들이 던져 놓은 쓰레기 몇 장
나이키 신발에 묻어온 먼지 몇 낱
그들이 뿜어낸 일산화탄소 한 줌

집으로 2

나는 오늘 집으로 간다
올레길이던 원도심 길이
산 중턱을 헐어내어 평평해진 길
루미나리 불 밝힌 집으로 간다
봄밤이면 노란 수건 걸어놓고 목욕을 하던
별들과 보리 숭어와 참조기떼
오색 불빛에 떠나갔는가
그토록 거닐고 싶던 대반동 길
밀물에 잠겼다 썰물에 머리 감는
인어 아가씨야 너 어디서 왔니
누가 너희를 곤곤하다 했는가
밟으면 밟을수록 수렁 속인 뻘밭을
밝히면 밝힐수록 칠흑같이 어두운 길
나는 오늘 집으로 간다.

연식이 오래되어

연식이 오래되어 가다 설까 두려워
시동을 걸어 숨을 고른다.

범퍼는 긁히고 찌그러지고
바퀴 휠은 빠져나가
바짓가랑이 땅에 씹혀 흙투성이다.

세차하고 기름 치고 고속도로에 올려놓으면
달릴 수도 있으련만 한 달에 한번
장바구니 신세다.

쓸모 있는 곳이 한 군데도 없어
고철 폐차가 유일한 길이란다
몇 십 년 부려먹은 정 때문에
차고 한 귀퉁이에 찌부려 놓여있다.

아침에 눈뜨면 왼쪽으로 세 번
오른쪽으로 세 번 눈 깜빡거리며
고향 냉천으로 돌아갈 나들이를 꿈꾼다.

캡슐 하나

유명 한의사와 양의가 나와
다섯가지 야채를 갈아 먹으면
사대 암과 삼대 성인병을 예방한다나

습관성이 범속성이라
사과 양배추 당근은 냉장고 주인이나
브로콜리며 콜라비라는 이름 낯설어
3독 쥬스나 4독 쥬스다

식구라야 딸내미와 단 둘이라
저 살아온 길 다르고 내 살아온 길 달라
딸아이 커피향만 풍기고 간 빈 집에서
누르끼리한 수액을 꽂고 앉은
화분 곁에 앉아
누르끼리한 수액을 빨고 있다
캡슐 하나로 요다음을 꿈꾸면서

허허로운 얼굴들

– 오수초등학교 동창회

육삼 빌딩 중식부
산보다 높은 컨테이너 퍼즐인가
백 년 전에 지은 집도 어제 지은 집 같고
어제 지은 집도 백 년 전에 지은 집 같은
파리나 맨해튼의 난공불락 완강함이 아니라
일사불란 철통방어가 아니라
有限이 無限하고 無限이 有限하다
스파이더맨은 밧줄에 매달려 하늘이마를 청소하고
성냥개비하나 꽂지 못한 허기진 배를
닭싸움으로 푸는 친구
공자의 어질 인이 참을 인이라며
와이담 한 자락에 허허로운 얼굴들
사랑의 꿈 고래잡이 꿈 상전이 벽해 되는 꿈
검버섯이 묻어난 배스와 블루길이 잠겨있는
그들 얼굴이 한강의 얼굴이다
장마가 오려는지 무지개 뜬다
돌아보지마라 후회하지마라
우리 합창에 친구들 안녕히
서울이여 안녕히.

불암

수락산 아래
불암산 자락
판화가 김준곤이나 그 후예들이
칼날을 세워 둥글게 둥글게 깎아내는 불암을
미소가 아름다운 청주할머니
날이 날마다 불암을 바라본다.

집 팔고 논 팔고 선산까지 처분하여
아홉 평 아파트 언제 개발될 것인가
코딱지만한 공터에
고추 한 포기 손자고추 만지듯
사알 사알 어루만진다.

뱀 쫓던 서광이며 빨강 파랑 당국화
닭벼슬 맨드라미 꽃씨를 받는다
손바닥 부벼 꽃씨를 받는다.

오르는 전세금은 언놈이 댈까
주머니 동전을 어루만진다
하느님 동아줄은 언제 내려 주실는지
날이 날마다 불암을 바라본다.

도돌이표

부모상 치르고 잠시 적막하다가
마트에 들려 저지방 우유를 살까
고지방 우유를 살까 고르는 맛
꽤 재미나다.

손자 스마트 폰에서 잠시 눈을 떼고
"할머니 왜 늙으면 주름이 많아지고 작아지고
미워지나요?"
"꽃도 시들면 미워지고 작아지고 주름이 많아진단다."
"그럼 난 오늘부터 기도할래, 우리 엄마 늙지 말라고."
"밥 잘 먹고 공부 잘해야 안 늙는단다."
"아, 그랬구나. 우리 엄마 밥도 잘 안 먹고
공부 안 해서 할머니 늙었구나, 아ー 그랬구나."

늦게 배우거나 일찍 배우거나
연기 한 올 피우고 가는 것을.

바람의 집

그대는 오래된 빈집
마당귀 해살짓는 꽃씨 심어놓고
돌쩌귀를 흔들며 빠져나가는 바람

누가 용마루에 그물을 쳤나
모두가 한 목소리로 초록을 부를 때
햇살은 하루 종일 파도가 밀어올린 조약돌에
동백기름 바르고
밤이면 조약돌 빠져나가는 소리
그토록 머물고 싶던 바람의 집
여기였던가
초록이 三人 三色으로 물들여
단 한번 제 이름을 부르는 낙엽
끝내는 한빛으로 뿌려지는
바람의 집 여기였던가.

진숙 영가에게

한밤중 빗소리에 깨어나
그대 목소리 환청으로 들려왔어
손가락 하나 까딱할 수 없었어

흔들면 흔들수록 수렁인 세상
너만 모르고 흔들고 있어
우리 모두 흔들고 있어

어머니는 만능이니 어머니는 보살이니
어머니는 검투사니 어머니는 씨감자니
제석산 호수석 비자리 원석과 살고 싶던 너
삼한사온 탓도 아니고 시절 탓도 아니야
앞서 가다 보면 뒤따라 갈 것이네

옷만 갈아입었음을 눈치 채지 못한 것을
아픈 마디마디에서 운지버섯 피어나고
가슴의 응어리는 백복령 아니겠나

구만리 나는 홀씨야 날아가게 두세나
돌아보지 마소
높은 자리 음정이나 낮은 자리 음정
네 이름은 어머니일레라.

갈증

나는 왜 목이 타는가
퍼올려도 퍼올려도 빈 두레박
말라버린 우물
수초 무성한 갯벌이다.

평생을 지혜롭게 살아온 시인친구
흰옷에 먹물 뿌리던 정치인도
인생도 자식도 경영이라는 친구도
목구멍이 포도청인 친구도
둥글게 둥글게 아우르며 살자한다.

어느 화가의 걸개그림
기어오르다 떨어지고
떨어지다 기어오르는 지옥도에
하나님 뜨거운 물우박이나 붓지 마시오.
生卽必死 死卽筆生이라 했남요.

신고辛苦

나무는 아프다네
삼백육십마디인가
삼만육천마디인가
잎의 농담도 가지의 잔상도
서툰 붓질로는 가늠할 수 없었네

따스한 햇살 한 줌
서늘한 바람 한 올
그립고 아쉬웠다네
땅 맛도 들기 전에 뿌리 뽑히고
꺾인 우듬지였네

어두운 강둑에서 머리 푸는 갈대
검은 세월 울지 않아도
벼랑 끝 뿌리를 걸고 허공을 나는 잎새
나무는 아프다네.

행복추구권

쉰 너머 전임 딴 남편
행복추구권이 있으니 이혼하잔다
절반은 짝짓기 절반은 홀로서기라나
겨울이면 패딩점퍼 걸쳐 입고
여름이면 몽탁 티 한 장 빨아 입고
흔들리는 차속에서
눈썹은 치바르고
입술은 엇바르고
피에로 맹키로 교무실에 들어섰다
옥상난간에서 신나 뿌려 분신하는 근로자나
목구멍이 포도청이라며 버티는 교권이나
철다리 아래 출렁이는 물살이 무섭기는 매한가지
책걸상 치우고 용인이 끌어내도
세 딸들 도시락 반찬이 걱정이었다
동그랑땡 한가지로 싸준 도시락
딸들은 아무 감흥도 아니었다 한다
목구멍만 지키면 되었지
그런 것도 있었나 싶었다

부처도 아님시롱
너 원 없이 살아봐라 했었다
끝내 악 한번 못써본 빙신

올레길의 갈매기

억만금을 쌓아도 건강 잃으면 그만이라고
TV 프로그램 삼분의 일이 건강프로그램
노인 세 사람 중 한 사람은 암으로 간다하며
유능한 의사 마지막 처방은 걷기란다
전국 일일 생활권
전국토 관광 공원화
전국토 올레길로 이어져
두 손 높이 올려 발맞춰 걷다보면
어깨에 날개 돋아 올레길의 갈매기
노을 붉은 밤하늘 날아볼란가
걷다 걷다 보면 꿈길의 고향 산천
생시에 가볼란가

복돌이 산책

복돌이 산책길에 벚나무 둥걸에 찔끔
목련 아래 찔끔 신나는 영역 표시
'와! 강아지 예쁘다 이름이 뭐니?'
강아지들에게 내 이름 말할까 고개를 드니
확! 조여 오는 목줄
진달래꽃 그늘에 한 덩어리
조팝나무 꽃그늘에 또 한 덩어리
신나는 배변놀이
코끝에 맴도는 단내 주체할 수 없어
코를 벌름거리며 회상에 젖는데
네모 닭장아래 흰 꽃구름
이승일까 저승일까 코를 박고 킁킁대는데
맵싸한 냉이꽃 쌉싸래한 씀바귀 민들레 향기
잔조롬한 벼룩이자리꽃 고깔 쓴 제비꽃
봄은 온통 단술 고인 항아리 투구
"할머니, 개 종자가 뭐요, 아마 똥국이 대 여섯 번은 튀긴
잡종이구만, 요즘은 똥개도 애완견이래"
구부러진 내 귀를 쓸어 올린 할머니

"똥국이 몇 번을 튀겼건 오래 오래 살거라. 이 땅은 토종이 주인잉개"

보춘화

三代를 積善해야
남향집에 산다는데
설핏 기운 해
가시덤불 우거진 묵정밭이다.

밤 들쥐 낮 까마귀
밤낮으로 헤집어도
제 몸의 풀기를 모아
몸을 푸느냐.

혹부리는 아닌지
육손이는 아닌지
민춘란 제 이름
보춘화를 부른다.

작품해설

가슴앓이 다스리는 적멸의 시심

黃 松 文
(시인, 선문대 명예교수)

　낮달은 외롭게 보이는 존재다. 그것은 밝은 고독을 상징하기도 하고 존재감 없는 인물로 유추하게 하기도 하기 때문이다. "어느 정도의 고독을 애호함은 편안한 정신의 발전을 위해서도, 진실한 행복을 위해서도 절대로 필요하다."고 C. 힐티는 말했다.

　이인숙 시인은 강한 정신의 소유자로서 '낮달'처럼 있는 듯 없는 듯 존재감 없는 외로움에 익숙한 것으로 보인다. 그러면서도 고독을 적당히 야금거리면서 나름대로 누리며 살아온 것으로 보인다.

　　동네 아짐들
　　가슴에 우물이 깊어
　　돌을 던지면 우물이 아득했어.

　　새터 아짐 셋째 딸
　　마루에서 떨어져 곱사등 부풀고

매아니 아짐 안방엔
공방 호롱불 가물거렸어.

사창 아짐 기침소리에
안산이 쩌렁쩌렁 울던 밤
징용에 끌려간 큰아들이
재가 되어 돌아왔어.

북으로 끌려간 막내 기다리다
쪽풀이 된 아짐네
가슴앓이에 석유기름 부어대도
손바닥 발바닥에
쪽꽃이 피어
고샅에 쪽풀만 무성했어.

—「가슴앓이」

전란에 자식을 잃은 조선여인의 한이 가슴앓이라는 병으로 고
통을 받는다는 이야기다. 전란에 남편 잃고 자식 잃은 여인의 잠
자리는 공방空房이기 마련이다.

딱지꽃이 봄 동산에
보일락 말락 도장을 찍고
홀애비꽃대가 늘그막에
잡목 숲을 흔들어대어도
봄 동산은 말없이 가네.

메마른 땅 다복솔 자락

아무나 타고 넘는 전라도 민둥산은
울울창창 명산대천 발치에 누워
시한삼동을 견디며
적멸보궁을 꿈꾸어보네.

그대 이름 없는 딱지꽃인 것
그대 이름 없는 홀애비꽃대인 것
절절이 아리고 저려도
이곳이 적멸보궁
부처님 미소 한 자락 가지고 노네.
                              ─「적멸보궁」

　적멸寂滅을 꿈꾼다고 하면서 '홀애비꽃대'에 관심을 보이는 것
도 모순의 해학이다. 聖과 俗이 마치 난류와 한류처럼 묘하게 어
울린다. 「강천사 낮달」과 「적멸보궁」은 동류의 계열에 속한다.
여기에서는 '적멸'이라는 聖과 '홀애비꽃대'라는 俗이 코믹한 해학
을 드리운다.

　그리고 결구結句에서 "부처님의 미소"라는 긍정과 "가지고 노
네"라는 뒤틀린 비꼼의 부정적 모순이 코믹한 재미를 더한다.

오수초등학교 35회 동창 야유회
관광버스를 줄곧 따라오던 낮달이
솜털구름 속에 숨었는지
천변 억새 숲에 숨었는지
주체스런 옷 벗어버린 강천사

계곡 나뭇가지에 앉아
허연 엉덩이 까고 소피를 보다가
之字로 걷다 十字로 허리 펴는
우리들을 구경하고 있어.

어려서는 네 발로
다음엔 세 발로 걷는 건 무어니
홀로 구시렁대면서
농담 따먹기를 하는지.

－「강천사 낮달」

　이 시의 제목부터가 '강천사(剛泉寺)'라는 사찰 '낮달'이다. 그
런데 이 '강천사'라는 절은 주체스런 옷을 벗어버린 강천사다.
이 시의 전반적인 흐름을 보게 될 때 靜中動이 코믹한 재미를 준
다. 동창 야유회 버스를 따라오던 낮달, 주체스럽다고 옷을 벗
어버린 강천사, 그리고 그 다음에는 "허연 엉덩이를 까고 소피"
를 보는 광경은 "계곡 나뭇가지에 앉아"에 중점을 두면 '낮달'의
행위가 되거니와 그 이후에 중점을 두게 되면 우리들(동창들)의
행위가 된다. 여기에는 그 모호성이 오히려 재미를 더한다.
　"주체스런 옷을 벗어버린"이라는 구절에서는 변영로 시인의
수필 「백주에 소를 타고」를 떠올리게 된다. 이 수필에서는 네
사람의 문사들(변영로 오상순 염상섭 이관구)이 야외에서 술을
마시며 즐기다가 갑자기 소나기를 만나 비를 피하여 돌아오는
길에서 일어난 해괴한 이야기였다.
　옷이란 대자연과 인간 사이의 이간물인바 몸에 걸칠 필요가

없으므로 모조리 찢어버리자는 오상순 승려 시인의 제안을 받아들여 알몸이 된 문인들이 빗속에서 소를 타고 산을 내려오는 광경에서 불교에서 말하는 적멸寂滅이라든지, 열반涅槃의 경지를 엿보게 된다.

이 시를 통해서 이인숙 시인의 심리상태를 살펴보게 되면 수월하게 눈치를 챌 수 있게 된다. 번뇌에서의 해탈이라든지 아픔에서의 해탈, 암에서의 해탈, 미움에서의 해탈 등등 자기 스스로와의 싸움에서 존재감 없는 '낮달'을 빙자해서 체념과 초탈, 상호 상충되는 부정과 긍정의 심리가 충돌하기도 하고 화해하기도 하는 움직임을 엿볼 수 있게 된다.

아파트 벤치에
납작 엎드린 할머니
손자가 씹다 붙여놓은 껌딱지다.

흙손을 털고 제비 주둥이에 씹히는 맛
어둠 발에 뉘엿거리는 햇살 맛이다.

고향 밀밭에서
손바닥이 얼얼하도록
비벼주던 할머니의 밀 껌
내 혈관 어디쯤 흐르고 있을까.

명주실처럼 질긴 목숨
반으로 접혀
그리고 당당히 씹힌

어미 아비 껍 딱지다가
지아비의 껌 딱지다가
자식들의 껌 딱지다가

보도블록에 혈흔처럼 짓이겨진
우리들의 껌 딱지들
도시 미화원 아저씨
쇠손에 긁히는 지청구다.

—「껌딱지」

이 시에서는 보조관념으로 에둘러서 다루는 유추능력이 재미있게 작용한다. 우선 약한 자(사물)에 향하는 측은지심惻隱之心이 녹아있다. 가난한 자, 천대받는 자에 향하는 연민이 표현되어 있다. 여기에는 순후한 향토정서를 기반으로 한 인정미학이 깔려있음을 알 수 있다.

"고향 밀밭에서 / 손바닥이 얼얼하도록 / 비벼주던 할머니의 밀 껌 / 내 혈관 어디쯤 흐르고 있을까."가 그것이다. 약한 자에 향하는 측은지심과 향토정서를 바탕에 간 인정미학이 따뜻한 온기로 다가온다.

관절염에 디스크,
오장육부를 리모델링하자고
삼년을 떠나도 신통한 일 없어
빈 집에 돌아와 보니
야생초 분재, 난분들,
솔 한 포기 살아남지 않았는데

옥상 시멘트 바닥에 노랗게 핀 그대
옹기 수반에 올려놓고
미안하다 미안하다 참으로 미안하다
시간을 좀먹은 죄, 인생을 낭비한 죄,
빛을 향해 경배하지 못한 죄
아침 햇살 눈 깜짝할 사이
해는 중천에 떠 있다가
그렁그렁하는 사이 금세 해지고 깜깜한 밤
굽다리 소나무가 선영을 지킨다 했던가
제 몸에 물 한 방울 갈무리 못하면서
행여 뽀시시 몸 일으키려마라 驚天動地할라.

—「돌나물」

집을 비운 사이에 다양한 식물들이 모두 말라죽었는데, 옥상 시
멘트 바닥에서 자라난 돌나물에서 느껴지는 경이감을 나타내고
있다. 이 시 역시 측은지심을 내비친 「껌딱지」와 동류라 하겠다.

나 한 몸 움직이는 것이
자식을 돕는 거란다.

햅쌀 찧고 참기름 짜고 고추 빻고
애호박 가지 부추 도라지 캐고
조금씩 까 모은 바지락 젓 같은
내 새끼 밥도둑이란다.

창밖 휙휙 스치는 무덤들
아이고 고사리 내 고사리

영감 산소에 갈 적마다 끊어 모은
내 고사리
서울 가면 고사리 없을까만
영감 땅김 쐰 고사리 같을까.

거실에 부려놓은 짐 며느리 본체만체
손자 놈 게임에 몰두하고
몇날 며칠 꾸린 짐이
내가 봐도 하찮네.

꾸어다 놓은 보리자루마냥
거실 귀퉁이에 오도카니 앉아보니
창밖 아파트가 우리 집 TV맹이네.

햇살 다냥한 장독대 옆
졸속졸속 졸고 있는
달개비 꽃이고 싶네.

— 「역귀성」

　이 시는 현대 도시 산업사회의 몰인정한 세태를 비판하는 시비지심是非之心이 공경지심恭敬之心이라는 예지단禮之端과 함께 토로하고 있다. 문명비판과 함께 순수한 향토정서의 향수를 자아내도록 표현하고 있다. 마지막 결말 3행 "햇살 다냥한 장독대 옆 / 졸속졸속 졸고 있는 / 달개비 꽃이고 싶네."가 그것이다.

　이 시작품의 전반부는 자식 만날 기대에 부풀어 바리바리 싸들고 찾아가는 모정母情이 짙게 내비치고 있다. 후반부는 '역귀성逆歸省'으로 자식을 찾은 노모가 느끼는 소외의식이 절망적이면서도 처절하게 표현되어 있다. 여기에서는 존경을 받아야 할 노모가 무관심의 대상으로 밀려난 상태가 "꾸어다놓은 보리자루마냥"이라는 단적인 언어로 내비치고 있다.

> 김치는 전라도 생김치가 최고라고
> 손가락 쪽쪽 빨며 찢어발기다
> 퀴퀴한 젓갈냄새에 코를 잡는다.
>
> 옹기 항아리에서 한 석 달 익으면
> 삭힌 홍어처럼 톡 쏘는 맛에
> 찬물에 밥 말아도 김치는 있어야느니
> 김치 빠지면 밥상이 아니라느니
> 지지고 볶다가
> 곱이 끼어 군내나면 뒤에서 하는 말
> 먹고 살기도 힘든 판에
> 갖은 야냥개를 다 부린다니까
>
> 젓국 빠진 시래기
> 빨래 줄에 널렸다가
> 생선 밑 깔개 밥도둑 된다.
>
> — 「전라도 생김치」

여기에서는 전라도 생김치의 맛을 인생과 연관시켜 표현하고 있다. 그 맛은 살기 힘든 세태에서 젓국이 빠지고 빨래 줄에 널려서 말려진 끝에 결국에는 생선 밑 깔개에 들었다가 밥도둑 된다고 토로하고 있다.

이 시인은 맛있는 생김치를 통해서 맛으로 거듭나는 밑바닥 인생으로 승화시키고 있다. 결구인 "밥도둑 된다."는 말이 그것이다.

동짓달이 되면
나무들도 털갈이를 한다
소나무들도 솔갈이를 한다.

동물들은 동굴 속으로 들어가
털을 고르고
히힛, 몸을 돌려 돌아눕는다.

나무들은
검지 손가락으로 귓밥을 후비듯이
바람 잎을 날려 보내고
발목을 끌고 들어가
실눈을 끔벅거리며 알을 실어놓는다.

파리가 생선에 알을 실어놓듯이
봄씨를 실어 놓는다.

                                      - 「동짓달이 되면」

이 시에서는 결구(結句)가 눈길을 끈다. "파리가 생선에 알을 실어놓듯이 / 봄씨를 실어 놓는다."는 유추적 표현이 그것이다. "봄씨를 실어 놓는다."가 원관념인데, "파리가 생선에 알을 실어놓듯이"라는 보조관념을 차용해 옴으로써 시의 맛을 살려내고 있다.

이제까지 8편의 시를 살펴보았다. 여기에서 관심이 가는 시어

詩語는 '가슴앓이'와 '적멸' '낮달' 등이다. 이인숙 시인의 시를 살펴보면 숨겨진 인생의 편린 자락이 넌지시 보인다. 그것은 아픔의 흔적이다. 이 시인은 아픔의 흔적을 지우지 못하는 것인가, 아니면 지우려하지 않는 것인가, 은폐한 채 보물처럼 간직하는 것으로 여겨진다. 왜 그럴까. 애증이 함께 있기 때문이리라.

이인숙 시인은 인생의 편린이라는 애증을 진주처럼 간직하거니와 치명적인 암과도 친하게 동거하고 있다. 그러는 동안에 시작품의 묵정밭은 어느 정도 잡초가 제거되고 자리가 잡혀가면서 삶도 시만큼 품위를 지켜가는 것으로 보인다.

낮달은 창백하지만, '적멸'의 풍향으로 존재감을 잃지 않는다. 이인숙 시인은 '낮달' 같은 존재다. 존재감을 원치 않으면서도 언제나 그 자리에 좌정해 있다. 이것은 그녀가 지니는 모순의 화해다. 그녀의 심층심리, 시심의 암반층 밑에는 '가슴앓이'와 '적멸'이 공존한다. 동시에 '체념'과 '해탈'이 슬기롭게 공존한다.

존재감을 원치 않고 숨어 지내는 듯한 '낮달'은 언제나 그 자리에 좌정하면서도 '가슴앓이'를 '적멸'로 다스리고자한다. 여기에 이 시인만이 지니는 개성진리체로서의 인생의 새로운 해석이 있다. 이인숙 시인의 시를 접하려면 이러한 자초지종이라는 역사주의적 비평의 안목으로 문학과 인생을 동시에 통찰할 필요가 있겠다.

낮달의 가슴앓이가 격멸의 비결로 환해지는 듯하다.

이인숙李仁淑 詩人

전북 임실 오수 출생
신석정 시인에게서 사사
강암 송성용 문하 연묵회 회원
道展 특선 2회
문학사계 신인상 등단
한국문인협회 회원
시, 서예, 수석 展
목포여상고 정년 퇴임
시집『골담초꽃 달래장』(2009) 발행

낮달의 가슴앓이

초판 1쇄 인쇄일	2017년 5월 7일
초판 1쇄 발행일	2017년 5월 12일

지은이	이인숙
펴낸이	황송문
편집장	김효은
편집 · 디자인	우정민 박재원 문진희
마케팅	정찬용 정구형 정진이
영업관리	한선희 이선건 최인호 최소영
책임편집	우정민
인쇄처	국학인쇄사
펴낸곳	문학사계
배포처	국학자료원 새미(주)

등록일 2005 03 15 제25100－2005－000008호
서울특별시 강동구 성안로 13 (성내동, 현영빌딩 2층)
Tel 442－4623 Fax 6499－3082
www.kookhak.co.kr
kookhak2001@hanmail.net

ISBN	978－89－93768－48－0 *03810
가격	9,000원